DON'T TOUCH ME, MY DESTINY.

OMÉGAVERSE

OMEGAVERSE

Dans ce monde, les humains ont continué d'évoluer.
Trois nouveaux genres ont vu le monde : les Alphas,
les Betas et les Omégas…
Ceux qui n'ont pas de chaleurs, et ceux qui en ont.

LA DIFFÉRENCE ENTRE LES 3 GENRES

3 GENDERS

α (ALPHA)

Nombreux sont les Alphas beaux, bien éduqués et intelligents. Ils sont nés pour être des leaders. S'ils sont exposés aux phéromones d'un Oméga en chaleur, ils entrent en rut. Il leur est impossible de tomber enceint.

β (BETA)

Les Betas ne sont eux dotés d'aucune particularité et constituent la majorité de la population humaine. Ils peuvent à la fois concevoir un enfant et l'enfanter. Les phéromones d'Oméga n'ont aucun effet sur eux. Deux parents Betas donnent normalement naissance à un Beta, mais il arrive parfois qu'un Oméga ou un Alpha naisse.

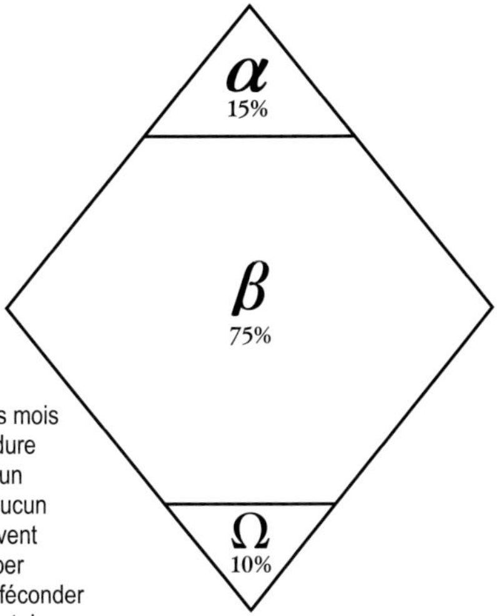

Ω (OMÉGA)

Le genre le plus rare, en proie à des chaleurs. Plusieurs mois peuvent séparer une période de chaleur, et celle-ci ne dure généralement pas plus d'une semaine. Durant celle-ci, un Oméga émet des phéromones puissantes auxquelles aucun Alpha ne peut rester indifférent. Par ce fait, ils sont souvent traités différemment. Il est rare pour un Oméga de tomber enceint hors de ses chaleurs, et il lui est impossible de féconder quelqu'un. L'achat de pilule du lendemain est récemment devenu possible.

COUPLE

PAIR

Si pendant un rapport sexuel, un Alpha en rut mord la nuque d'un Oméga en chaleur, les deux sont alors liés et connus comme un couple. Dès lors, il est impossible pour l'Oméga d'avoir des rapports avec autrui.

ÂME SŒUR

A PAIR OF FATE

Un phénomène rare où deux personnes, indépendamment des intentions, ressentent une forte attirance l'une envers l'autre.

ÉCOLE MEIJI

MEIJI GAKUIN

Un établissement scolaire lié à un internat prestigieux pour Alphas venant d'un milieu familial plus que respectable. Du primaire à l'université, tout y est pour éduquer « le meilleur des meilleurs ».

SOIRÉE POUR CÉLIBATAIRES

BACHELOR PARTY

Une fête qui a lieu tous les automnes et durant trois jours au sein de l'établissement. Chaque étudiant peut y tenter sa chance…

LE ROI DE LA SOIRÉE

BACHELOR KING

Un titre d'honneur réservé au plus populaire de l'établissement. Le roi est souvent traité comme une célébrité, choisi pour son beau visage et sa bonne mentalité. Nombreux sont les Omégas qui courent après leurs gènes.

TSUBA-SA !
BLAM
HÉ ! TSUBA-SA !
TSUBA-SA !!!
OUVRE-MOI !
BLAM
BLAM
FWOUP
act.1
T'AS ENCORE SÉCHÉ LES COURS !
TU SAIS BIEN QUE LE PROF, C'EST UN BETA, IL EST JAMAIS GENTIL AVEC NOUS, LES OMÉGAS !
J'Y PEUX RIEN...
JE ME TRAÎNE UNE MIGRAINE ET LA NAUSÉE À CAUSE DES CHALEURS QUI ARRIVENT.
J'AI PLUS AUCUNE THUNE EN PLUS, DONC J'AI PAS PU ACHETER MES MÉDICAMENTS.
ZWOUP
MMMH...
ET PUIS C'EST LES VACANCES DEMAIN.
C'EST PAS BIEN GRAVE SI JE RESTE CLOÎTRÉ CHEZ MOI AUJOURD'HUI.
RAH
TOI ALORS...

TIENS.
JE T'EN FILE UN PEU. UTILISE-LES EN CAS D'URGENCE.
PLAF
C'EST PAS DES PILULES DU LENDEMAIN, ÇA ?
JE CROYAIS QUE C'ÉTAIT SUPER CHER...
QU'EST-CE QUE TU FAIS AVEC ÇA, MARE ?
J'AI CHOUINÉ DEVANT UN ALPHA POUR QU'IL M'EN ACHÈTE, HIER !
HÉHÉ
COMME ÇA, TOI COMME MOI, ON AURA TOUJOURS UNE SOLUTION D'URGENCE !
ON PEUT MÊME LES RE-VENDRE.
JE VOIS PAS EN QUOI ÇA NOUS SAUVE. JE VEUX JUSTE MES MÉDICAMENTS, MOI.
MAIS BON... MERCI...
......
TSUBASA ? QU'EST-CE QU'IL Y A ?
JE ME DEMANDAIS JUSTE QUEL GENRE D'ALPHA
SE LAISSERAIT AVOIR DE LA SORTE...

MMH... DISONS QU'EN PLUS DE VENIR D'UN MEILLEUR BAHUT QUE TOI,
ON VA DIRE QUE T'AS PAS VRAIMENT LA PRESTANCE HABITUELLE D'UN ALPHA.
AH
J'AI PAS UN ROND.
MON PAUVRE REPAS...
SENRI...
ARGH
ME DIS PAS QUE T'AS AUCUNE THUNE POUR PROFITER DES VACANCES ? C'EST DEMAIN !
AH, C'EST VRAI... J'AI ACHETÉ DES PILULES DU LENDEMAIN HIER.
J'AVAIS OUBLIÉ.
HEIN
QUOI ?!

SLUUURP
SENRI A FAIT ÇA ?!
ON PARLE BIEN DE SENRI SAITÔ, 19 ANS, NOTRE PUCEAU PRÉFÉRÉ QUI RETAPE SON ANNÉE ?!
IL S'INTÉRESSE AU CUL, MAINTENANT ?!
QUOI ?!
ATTENDS !
POURQUOI TU COMMENCES DIRECT PAR FÉCONDER QUELQU'UN ?!
TU TE MÉPRENDS.
J'AI FAIM...
HIER, JE JOUAIS AVEC DES ENFANTS AU PARC
OUIIII
OUAAAH
SNIF
ET J'AI CROISÉ UN OMÉGA. IL AVAIT L'AIR SI TRISTE.
SNIRF
IL PLEURAIT EN M'EXPLIQUANT QUE S'IL NE METTAIT PAS LA MAIN SUR DES PILULES DU LENDEMAIN, SA VIE ÉTAIT FINIE.
DU COUP, JE L'AI ACCOMPAGNÉ À LA PHARMACIE POUR EN ACHETER.
FRISSONNE
OUAH...
PAR-DON ?
RAH...
OUAH

RÉFLÉCHIS UN PEU, IL AVAIT PAS BESOIN D'AUTANT DE PILULES.
IL VA JUSTE LES REVENDRE.
MAIS QUEL IDIOT.
AH.
AH BON ?
SÛRE-MENT, OUI ?!
RÉFLÉCHIS !
OH LÀ LÀ...
MAIS IL AVAIT L'AIR SI HEUREUX, QUAND ON S'EST SÉPARÉS...
SALUT !
IDIOT !
BEN ALORS, T'ES TOMBÉ AMOUREUX ?
OH ?
SI JE SUIS TOMBÉ AMOUREUX ?

C'EST VRAI QU'IL SENTAIT BON.
J'AURAIS PU M'Y PERDRE.
C'EST ÇA, TOMBER AMOUREUX ?
J'EN SAIS RIEN !
C'EST PAS À MOI QU'IL FAUT DEMANDER.
ÇA SORTAIT TANT DE L'ORDINAIRE QUE ÇA ?
UN OMÉGA SENTIRA TOUJOURS BON, POUR UN ALPHA.
Franchement, j'ai du mal avec l'amour...
ET PUIS, CE SOIR, ON A NOTRE SOIRÉE DE CÉLIBATAIRES QUI DÉBUTE ! TROIS JOURS DE PUR PLAISIR. ♥
Ou même avec ces notions de couple ou de partenaire.
TU DIS ÇA, MAIS C'EST PAS OUF...
ÇA RASSEMBLE JUSTE TOUS LES JEUNES DU COIN.
C'EST JUSTE UN MOMENT OPPORTUN POUR CEUX QUI ONT DES HAREMS ET FAIRE DES ORGIES.
J'arrive même pas à me l'imaginer
TU POURRAIS Y RENCONTRER UN OMÉGA QUI S'INCRUSTE ! ♥
et j'ai pas spécialement envie de le vivre.

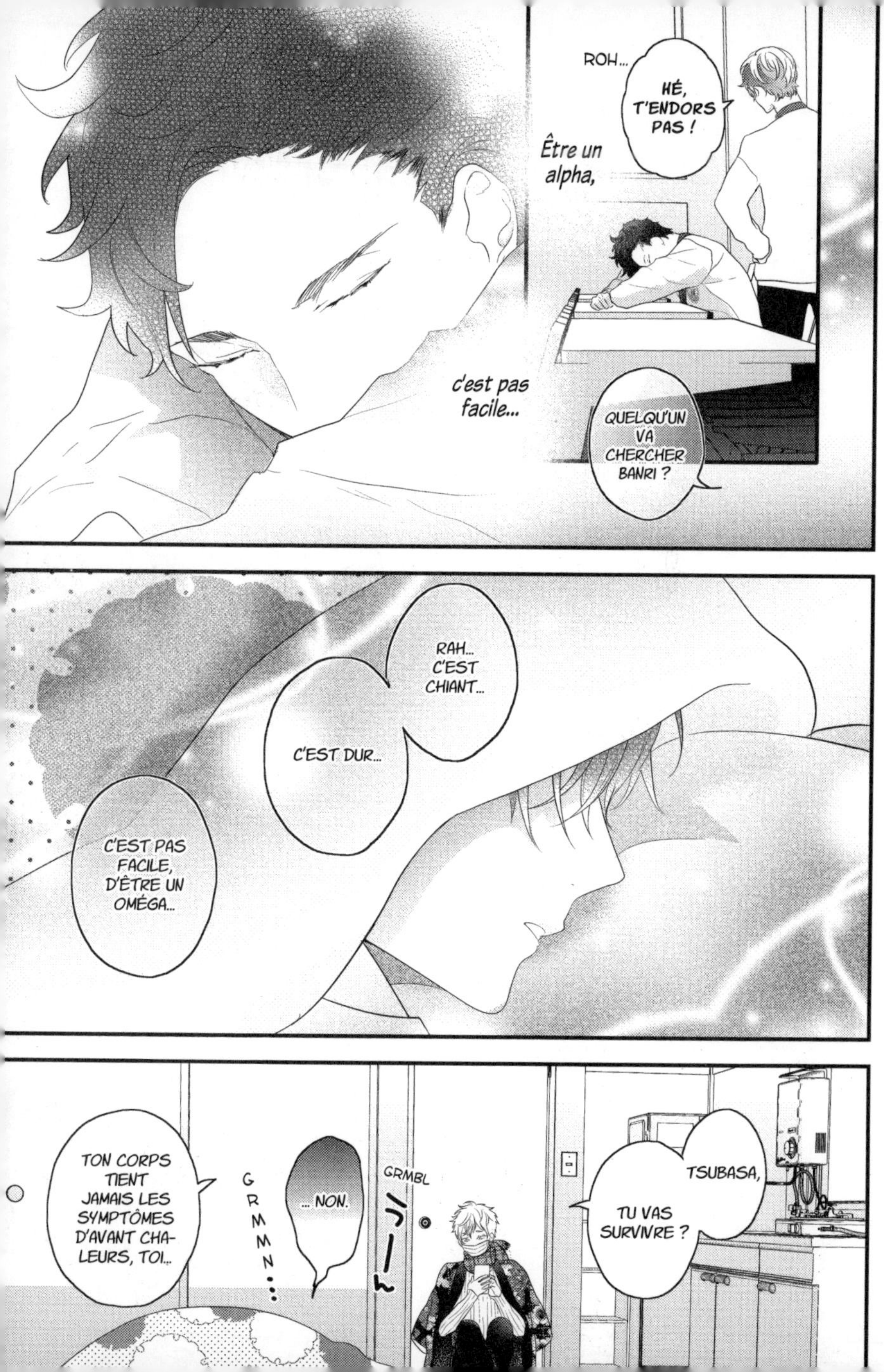
ROH...
HÉ, T'ENDORS PAS !
Être un alpha,
c'est pas facile...
QUELQU'UN VA CHERCHER BANRI ?
RAH... C'EST CHIANT...
C'EST DUR...
C'EST PAS FACILE, D'ÊTRE UN OMÉGA...
TSUBASA,
TU VAS SURVIVRE ?
GRMBL
... NON.
GRMMN...
TON CORPS TIENT JAMAIS LES SYMPTÔMES D'AVANT CHA-LEURS, TOI...

SCRTCH
J'AIMERAIS BIEN POUVOIR FUMER, AU MOINS...
J'AI PAS DE CLOPES. ET PUIS SURTOUT, JE FUME PAS.
AH. TU VEUX QUE J'AILLE T'EN CHOPER ?
HEIN ?
IL PARAÎT QU'IL Y A UNE GROSSE FÊTE CE SOIR, DANS L'ÉCOLE DE RICHES POUR ALPHAS DU COIN.
UNE FÊTE ?
UNE FÊTE DE JE SAIS PLUS QUOI.
ILS LA FONT TOUS LES ANS. C'EST TOUJOURS SUPER GRAND ET REMPLI DE JEUNES !
OUAAAH... (MONOTONE)
C'EST BON, PAS BESOIN.
JE SAIS BIEN À QUEL POINT TU DÉTESTES LES ALPHAS, JE VAIS PAS TE FORCER À TE RENDRE
À CETTE FÊTE SI T'EN AS PAS ENVIE.
FWOUP
J'VAIS PIONCER, PLUTÔT...

JE VAIS ALLER BOSSER COMME PRÉVU, ALORS.
NOOON, RESTE LÀ...
SMACK
MAIS SI, MAIS SI. TIENS, UN BISOU DE BONNE NUIT.
À PLUS.
......
CLAC
SENRI !
BLA
BLA

YO !
ALORS, T'EN PENSES QUOI ? ELLE EST PAS INCROYABLE, CETTE SOIRÉE ?
JE SUIS CONTENT QUE LES PLATS SOIENT SI BONS.
C'EST PAS IMPORTANT, ÇA.
T'AS TROUVÉ UN BETA OU UN OMÉGA À TON GOÛT ?
PEU M'IMPORTE.
OUAAAH !
HÉ, VOUS AVEZ VU L'ALPHA ET LES DEUX OMÉGAS QUI S'ENVOIENT EN L'AIR SUR LE BALCON ?
C'EST OUF !
SÉ-RIEUX ?!
HA HA
ILS S'AMUSENT BIEN...
JE VEUX VOIR !
OUAH !
OUAAAH !

FIOUH...
Je vais juste ramener mon assiette dans ma chambre et manger tranquillement...
FWOUP
HEIN ?
CRIC
SMACK
CRIC
SMACK
MHN
MH
MHN
MON LIT...
ILS SONT VENUS JUSQU'ICI ?

FIOUH
JE PENSAIS PAS ME RETROUVER DANS LES TOILETTES POUR MANGER.
AÏE ! LÂCHE-MOI...
CLAC
POURQUOI ? ON POURRAIT PASSER DU BON TEMPS ENSEMBLE, MON P'TIT OMÉGA...
T'ES VENU POUR ÇA, NON ?
J'AI TROP HÂTE !
HA HA HA !
CLAC
GNP
GNP
NON...
AGH...
C'est quoi, cette odeur ?
HAH
FOUAH !
TU SENS SUPER FORT, T'ES BIENTÔT EN CHALEUR ?
OH !
TU DOIS GRAVE AVOIR ENVIE, ALORS !
J'VAIS APPELER D'AUTRES MECS.

JE VOULAIS JUSTE QUELQUES CLOPES !
TU RISQUES DE TOMBER ENCEINT CE SOIR… C'EST PAS BIEN DE FUMER POUR TON BÉBÉ. ♥
ABANDONNE LA CLOPE ! ♥
MAIS ATTENDS, IL SE BALADE AVEC DES PILULES DU LENDEMAIN SUR LUI !
ON PEUT JOUIR À L'INTÉRIEUR, ÇA VEUT DIRE !
PAS BESOIN DE SE PROTÉGER ALORS.
TROP BIEN !
HAA
HEIN ?
NON, J'AIME PAS ÇA…
QUOI, TU VOULAIS FAIRE CROIRE À UN ALPHA QUE T'ÉTAIS TOMBÉ ENCEINT ?
SERRE
L'odeur s'est faite plus forte…
C'est quoi, cette sensation ?
HAH
HAH
TU MÉRITES UNE FESSÉE, MON BEAU.
HA HA !
NON !
NON !
JE VEUX PAS !
Je peux pas les laisser faire ça.

VLAM
Il est à moi.

BABOUM

MERDE, C'EST BANRI !
?
MAIS NON, C'EST L'AUTRE ! C'EST SENRI !
T'EN VEUX PAS, NON ?
VIENS !
COURS !
NON !
J'AIME PAS RECEVOIR DES ORDRES !
DÉSOLÉ,
JE FERAI ATTENTION LA PROCHAINE FOIS !

C'est mon oméga.

TU SAIS...
JE RESTE UN OMÉGA, ALORS SI JE SUIS TROP AVEC UN ALPHA DANS CET ÉTAT...
TU COMPRENDS ?
IL SENT SI BON...
BRRR
QUEL IDIOT J'ÉTAIS D'ENTRER DANS CETTE ÉCOLE REMPLIE D'ALPHAS... AVEC TOUTES CES PHÉROMONES...
JE SENS QUE JE VAIS BIENTÔT ENTRER EN CHALEUR.
JE M'EN SORTAIS TOUJOURS EN CACHANT MON ODEUR AVEC CELLE DU TABAC... ENFIN, JE PENSAIS Y ARRIVER.
J'ÉTAIS SORTI POUR ALLER EN ACHETER, D'AILLEURS.
TU FUMES ?
QUELLE ODEUR INCROYABLE...
OUI...
ET QUI DIT SOIRÉE, DIT ALCOOL ET TABAC...
JE PENSAIS POUVOIR Y ALLER POUR EN PRENDRE À QUELQU'UN.
Il sent vraiment bon.
SNIF
SNIF
HAH
JE ME DEMANDE SI J'AVAIS VRAIMENT TOUTE MA TÊTE, QUAND J'AI DÉCIDÉ ÇA

OU SI INCONSCIEMMENT, JE CHERCHAIS DES ALPHAS, PLUTÔT QUE DU TABAC.
ARG
J'EN PEUX PLUS, J'AI ENVIE DE CREVER...
TOI AUSSI, T'AS DU MAL AVEC TA PROPRE NATURE ?
JE SUIS PAREIL...
TOI AUSSI ?
MAIS T'ES UN ALPHA, POURTANT.
C'EST SI DUR DE VIVRE COMME ÇA. LES OMÉGAS M'INTÉRESSENT PAS VRAIMENT ET J'AI DU MAL AVEC MON PROPRE GENRE...
TU TROUVES ÇA ÉTRANGE ?
UN PEU.
MAIS ÇA NE L'EST PEUT-ÊTRE PAS TANT QUE ÇA...
COMMENT DIRE...
DISONS...

C'EST SÛREMENT NOUS QUI SOMMES ÉTRANGES... TOUS LES DEUX.
ON POURRAIT DEVENIR AMIS.
AMIS ?
OUI.
ÇA SERAIT PAS MAL, NON ?
TU PEUX M'APPELER TSUBASA.
C'EST UNE BONNE IDÉE...
SUPER BONNE, MÊME.
Je suppose que ça ne serait pas correct
que je lui dise à quel point il sent bon.
MOI C'EST SENRI.
SENRI ?
À LA PROCHAINE, ALORS.

J'ai pas envie de le laisser partir...
MH...
OUI...
ON SE REVERRA QUAND, TSUBASA ?
Mais si, mais si. Tiens, un bisou de bonne nuit.
Nooon, reste là...
SMACK
VOYONS VOIR...
SMACK
QUAND MES CHALEURS SERONT PASSÉES,
ON POURRA SE REVOIR.
BABOUM

AH !
BRR
HEIN ?
BRR
HAH
SENRI ?
HAH
AH !
PLAF
AAAH ?!

ATTENDS !!!
DÉSOLÉ, C'ÉTAIT PAS MON INTENTION !
PLAF
GNIP
OUAH !
C'EST JUSTE QUE… J'AI UN AMI QUI FAIT TOUJOURS ÇA, ALORS…
SMACK
BRR
!?
TU ME FAIS MAL…
ELLES ME FONT PEUR, TES DENTS…
HAH
HAH
SMACK
GLOUPS
SMACK
MH !
…TA LANGUE EST…
SI CHAUDE ET…
SI GROSSE …
J'ARRIVE PAS À… RESPIRER…

SMACK
SMACK
SHLP
SMACK
MH !
SERRE
MMHN !
PFAH !
HAH
LA SALIVE D'ALPHA, ÇA A UN EFFET PARTICULIER ?
C'EST PAS POSSIBLE, HEIN ?
HAH
AH
MHN !
HAH
BRR
MAIS ON DIRAIT QUE MON CORPS Y RÉAGIT...
BRR
IL M'ÉCOUTE PAS...
CLINK
ZIIIP

SHLP
AH ?!
BRR
ATTENDS !!!
GNIP
AH
HAH
HAH
NON, NON, NON !
NON !
MAIS POURQUOI, MÊME EN DISANT ÇA...
SHLLLP
MON...
MES HANCHES S'OUVRENT
POUR TE LAISSER ENTRER ?
AH
SHLIC
BRR
MHN !
AGH...!
BRR
MAIS !
PLIC
AH

JE VEUX PAS... JE VEUX VRAIMENT PAS !
HAH
JE VEUX PAS PERDRE FACE À MON INSTINCT COMME ÇA !
HAH
BRR
GNNN
BRR
SPLURT
SPLAF
MMHN !
BRR
BRR
AH !
BRR
AHN !
AAHN ?!
AH !
BRR

HAH
C'EST PAS VRAI...
AH
TU L'AS JUSTE INSÉRÉE ET J'AI DÉJÀ...
AHN
AH
AHN
SHLP
J'AI DÉJÀ
SHLP
SHLP
SENRI !
MHN !
JE SAIS QUE JE SUIS EN TRAIN DE JOUIR...
ET QUE C'EST PAS TRÈS CRÉDIBLE DE DIRE ÇA...
SHLP
SPLAF
SPLURT
SPLAF
SPLURT
BRR
BRR
AHN !
MAIS TU PEUX ENCORE T'ARRÊTER !
AH !

AH !
AHN !
AH !
ME MORDS PAS, PITIÉ !
SPLAF
SPLAF
MH NN NN !
MHN !
ALORS QU'ON VIENT TOUT JUSTE DE DEVENIR POTES !
AHN
T'ES BIEN LE SEUL
À POUVOIR VAINCRE TES INSTINCTS !
AH !
TSUBASA.
SENRI...

JE SUIS DÉSOLÉ...
AGH
JE VOULAIS PAS TE FORCER COMME ÇA...
......
HAH
HAH
C'EST... TU M'AS PAS MORDU...
ET T'AS PAS ENCORE JOUI...
ALORS JE SUPPOSE QU'ON PEUT DIRE QUE T'ES PAS ALLÉ TROP LOIN...
MÊME SI T'AS CARRÉMENT DÉPASSÉ LES BORNES, EN VRAI...
SMACK
SMACK
PLEURE PAS, TSUBASA...
C'EST DE LA MERDE, LES INSTINCTS D'OMÉGA, J'AI TOUT SAUF ENVIE QUE TU TE RETIRES...
GWAAH
CRIC
BZZZT
TSUBASA !!!
PLAF...
?!

ÇA VA ?!
HAH
HAH
HEUREUSE-MENT QUE J'AVAIS MON TASER SUR MOI !
BZZZT
MARE !
ÇA VA PAS, NON...
HEIN ?
SNIF
SNIF
IL A JOUI À CAUSE DU TASER...
SPLURT
ET IL ÉTAIT ENCORE EN MOI...
HEIIIIIN ?!

act.2
SENRI...
IL VA S'EN SORTIR ?
AAAH !
MERDE ! C'EST LE MEC QUE J'AI ARNAQUÉ HIER...
Senri Saitô
COMMENT ON VA FAIRE ?

C'EST COMPLÈTEMENT MA FAUTE, EN PLUS !
IL EST SÛREMENT VENU JUSQU'ICI POUR SE VENGER...
ME DIS PAS QUE C'EST POUR ÇA QU'IL T'A ATTAQUÉ ?
NON, C'EST PAS ÇA...
JE NE PENSE VRAIMENT PAS QU'IL SOIT VENU JUSQU'ICI
POUR ÇA...
C'EST À CAUSE DE MOI QU'IL EST ICI, EN PLUS.
HEIN ?
POURQUOI TU LE COUVRES ? IDIOT !
IL S'EST PASSÉ QUOI ?!

AU FAIT, T'AS PRIS TA PILULE DU LENDEMAIN ?
AH !
IL FAUT QU'ON AILLE LE SIGNALER AUX FLICS, AUSSI !
MARE, CALME-TOI !
C'EST MOI QUI SUIS ALLÉ À CETTE SOIRÉE DONT TU ME PARLAIS...
HEIN ?
......
JE COMPRENDS MIEUX.
ALORS, C'EST VRAIMENT JUSTE UN BON GARS QUI PASSAIT PAR LÀ.
IL T'A MÊME SAUVÉ...

CRIC
OUI...
FOUIP
Il se réveille pas...
MH...
FOUIP
T'AVAIS COMMENCÉ À FUMER POUR CACHER TES PHÉROMONES,
MAIS JE PENSAIS PAS QUE ÇA TE METTRAIT DANS CETTE SITUATION.
DÉSOLÉ...
MAIS JE DOIS AVOUER QUE SON SPERME A CALMÉ MES ARDEURS.
JE SAIS PAS TROP QUOI EN PENSER...
MAIS IL M'A VRAIMENT SAUVÉ.
T'ES BIEN TROP GENTIL !

PEU IMPORTE SI NATUREL-LEMENT, IL EST BEAU ET INNOCENT !
IL A FAIT LE GENTLEMAN MAIS ÇA S'EST RETOURNÉ CONTRE TOI, FINALEMENT !
JE DÉTESTE LES ALPHAS !
MARE...
GNIP
MAIS ÇA TOMBE BIEN,
IL VA NOUS SERVIR À QUELQUE CHOSE.
FLAP

!?
MARE ?!
TU FAIS QUOI ?
HMPF
J'EMPRUNTE JUSTE SON UNIFORME.
HEIN ?!
MMMH…
C'EST L'OCCASION, AUTANT EN PROFITER POUR ALLER VENDRE DES PILULES DANS UNE AUTRE SOIRÉE.
SON ODEUR VA ME COLLER À LA PEAU, JE RISQUE PAS D'ÊTRE EN DANGER.
ET SENRI ?
JE PEUX PAS RESTER ICI TOUT SEUL AVEC LUI.
ZZZ
すー…
JE SUIS CALME POUR L'INSTANT,
MAIS S'IL FAUT ENCORE QUE JE LE RAISONNE QUAND IL SE RÉVEILLERA…
MMH…

DIS, MARE...
ON FAIT VITE, HEIN ?
MAIS OUI, MAIS OUI.
ON VEND VITE CE QUE J'AI SUR MOI ET ON SE CASSE.
HAHA
TANT PIS POUR CEUX QUI ESSAIENT DE SE LA JOUER COOL.
SI ON CROISE UN OMÉGA VRAIMENT DANS LA MERDE, ON POURRA LUI REFILER GRATUITEMENT.
GYA HA HA !
ATTENDS !
MHN !
......

MAIS QUAND MÊME...
SON UNIFORME SUFFIT VRAIMENT À CACHER MON ODEUR, TU PENSES ?
C'EST DUR DE SAVOIR, ENTRE OMÉGAS...
MAIS JE DIRAIS QUE OUI ?
すやー
すー…
TSUBASA...
FAUDRA LE REMERCIER.
JE SUPPOSE QUE VU DE L'EXTÉRIEUR, ON RESSEMBLE JUSTE À UN COUPLE D'ALPHA ET D'OMÉGA.
QUELLE BELLE BLAGUE.
SENRI...

J'ESPÈRE QU'IL VA BIEN.
TSUBASA, ARRÊTE DE...
?!
DÉSOLÉ, MAIS JE PENSE PAS POUVOIR RÉPONDRE À VOS ATTENTES !
PLAF
...OUH LÀ !
BANRI !
BANRI ?!

TIENS ?

DIS-MOI...
AH !
QUE...
ME TOUCHEZ PAS LE VENTRE COMME ÇA...
SERRÉ
HAH
ÇA VA SORTIR...
ÇA CRAINT...
BANRI !
AH ...!
HAH

C'EST UN AMI QUI M'Y A INSCRIT, J'AI JAMAIS ÉTÉ INTÉRESSÉ...
ON S'EN FOUT !
ON EST TOUS DES OMÉGAS LIBRES !
BAISE-NOUS !
ON VEUT RECEVOIR LES GÈNES DU ROI DE LA SOIRÉE !
ON PEUT PASSER TROISIÈME COMME CENTIÈME, TANT QU'ON Y PASSE !
C'EST QUOI LEUR PROBLÈME ?!
MORDS-NOUS, BANRI ! S'IL TE PLAÎT !
HEIN ?
JE SUIS PAS UN DISTRIBUTEUR DE SPERME, VOUS SAVEZ ?
UN VISAGE PARFAIT, DES NOTES PARFAITES ET POPULAIRE POUR COURONNER LE TOUT !
ÉLU PARMI CES NOMBREUX ALPHAS COMME LE MEILLEUR D'ENTRE EUX
IL PEUT CHOISIR N'IMPORTE QUEL OMÉGA ! C'EST COMME S'IL VIVAIT LA VIE EN MODE FACILE.

POURQUOI TU REJETTES TOUS CES PRIVILÈGES QUI TE SONT OFFERTS ?
TU AS DÉJÀ QUELQU'UN ?!
HAH
VOUS COMPRENEZ VRAIMENT PAS...
DÉSOLÉ DE T'IMPLIQUER COMME ÇA
MAIS JOUE LE JEU.
POUIC
HEIN ?
GNIP
?!
SURSAUTE
BLA

MH !
SMACK
SHLP
SMACK
SMACK
MMH !
HEIN ?
ATTENDS UN PEU, BANRI.
CE MEC !
OUAH !
OUAH...
EXACTEMENT.

LES OMÉGAS ET LES BETAS M'INTÉRESSENT PAS.
DÉSOLÉ !
JE N'AIME QUE LES ALPHAS !

SALUT !
TSUBASA !
TAP
TSUBASA !

FIOUH, HEUREUSEMENT QU'IL N'Y A PERSONNE SUR LE TOIT.
DÉSOLÉ DE T'AVOIR IMPLIQUÉ LÀ-DEDANS.
AH, EUH...
TU PORTES NOTRE UNIFORME MAIS TU ES UN OMÉGA, PAS VRAI ?
ROUGIT
J'AI SORTI TOUS CES MENSONGES POUR M'EN SORTIR,
MAIS JE SUIS BEL ET BIEN INTÉRESSÉ PAR LES OMÉGAS.

ARGH
TU SENS TELLEMENT BON QUE J'EN AI EU LA TÊTE QUI TOURNAIT, PENDANT UN INSTANT.
AH...
JE VOIS...
SERRE
MAIS LES AUTRES N'ONT RIEN REMARQUÉ, ON DIRAIT.
JE T'AI UTILISÉ COMME EXCUSE POUR M'ENFUIR,
MAIS HEUREUSE-MENT QUE T'ÉTAIS PAS LOURD À PORTER.
QU... QUOI ?
JE RIGOLE.
LA NATURE D'UNE PERSONNE ET LES RELATIONS QUE J'ENTRETIENS AVEC ELLE SONT IMPORTANTES, À MES YEUX.
POUR MOI, TU ES COMME UN ANGE, APPARU POUR ME SAUVER DE CETTE DISCUSSION.
C'EST SÛREMENT LE MANQUE D'AILES QUI T'A RENDU SI LÉGER.

BABOUM
C'EST L'UNIFORME DE TON COPAIN ?
HEIN ?
NON...
C'EST PAS VRAIMENT... MON COPAIN...
VRAIMENT ?!
T'AS POURTANT L'AIR SI AMOUREUX.
TES YEUX BRILLENT ET TES JOUES SONT ÉCARLATES.

JE DIRAIS MÊME
QUE TU ES MAGNIFIQUE.

LA PERSONNE POUR QUI TU ÉPROUVES CES SENTIMENTS A BIEN DE LA CHANCE.

AH!
はっ
TSUBASA !
FLAP
......
TSUBASA !
TSUBASA ?
ZIEUTE
きょろ
ZIEUTE
きょろ
SILENCE
しーーん…
IL EST PAS LÀ...

SURSAUTE
JE NE PORTE PAS DE VÊTEMENTS
ET TSUBASA EST ABSENT...
HA...
FLOP
DÉSOLÉ, TSUBASA...
JE REVIENDRAI M'EXCUSER.
JE VAIS RENTRER...
CLAC
AAAHN!
CLAC
CLANG
TOC
TOC
MHN!
AHN!
AH!

C'EST MOI.
IL Y A PLEIN DE BÊTES QUI SE SONT INTRODUITES DANS MA CHAMBRE,
LAISSE-MOI VENIR DANS LA TIENNE...
SENRI ?!
POURQUOI T'ES À POIL ?
BANRI...
TAP
T'AS PERDU TON UNIFORME ?
ME DIS PAS QU'ON TE L'A VOLÉ ?

EN FAIT...
......
BADOUM
???
?
JE NE SAURAIS PAS METTRE LES BONS MOTS DESSUS,
mais j'ai l'impression que quand je pense à Tsubasa,
mon cœur se resserre soudainement
et j'en perds mes mots.
REPOSE-TOI BIEN.

FOUIP
JE SAIS BIEN À QUEL POINT TU ES GENTIL, BIEN PLUS QUE QUICONQUE.
MAIS TU T'ES DÉJÀ FAIT PIQUER TON ARGENT HIER, À CAUSE DE ÇA...
ET AUJOURD'HUI, C'EST LE TOUR DE TON UNIFORME ?
FAIS UN PEU PLUS ATTENTION.
J'AIME PAS QUAND TU ME GRONDES COMME ÇA...
......
JE SUIS PLUS ÂGÉ QUE TOI,
MAIS C'EST TOUJOURS MOI QUI CAUSE PROBLÈME.
DÉSOLÉ, BANRI.
BONNE NUIT.

AH !
J'Y PENSE. IL S'EST PASSÉ PLEIN DE TRUCS POUR MOI AUSSI, CE SOIR.
J'AI RENCONTRÉ UN OMÉGA BIEN ÉTRANGE.
IL APPARTENAIT SÛREMENT À UN AUTRE ALPHA...
MAIS J'AVAIS BIEN ENVIE DE LE MORDRE.

!!!
Argh !
Ça va ?!
Non...
IL EST SOUDAINEMENT ENTRÉ EN CHALEUR.
Ne me touche pas !
Pitié...
IL S'ACCROCHAIT À MOI EN PLEURANT...

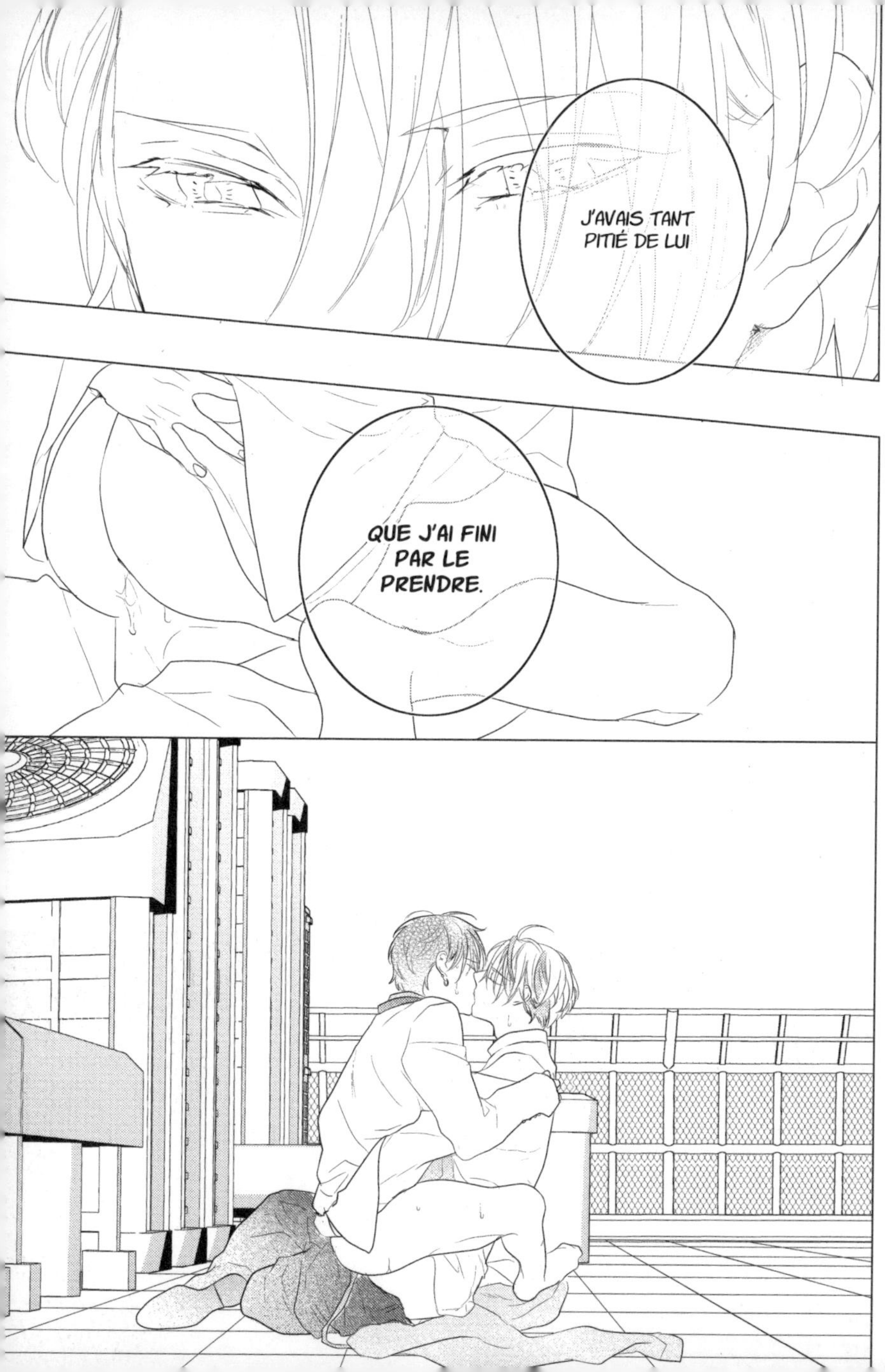
J'AVAIS TANT PITIÉ DE LUI
QUE J'AI FINI PAR LE PRENDRE.

AH !
AHN !
AAH !
AAH !
SPLAF
SHLIC
IL AURA BIEN FALLU LE FAIRE 4 OU 5 FOIS POUR QU'IL SE CALME ET QU'IL RENTRE.
MAIS J'AURAIS PU CONTINUER TOUTE LA NUIT. JE M'EFFRAYAIS MOI-MÊME.

......
JE NE CHANGE PAS,
ET JE PRÉFÈRE PENSER QUE L'AMOUR ET LE SEXE SONT DEUX CHOSES SACRÉES...
AH
MAIS FACE À DES ÉMOTIONS SI INTENSES...
CRR
SENRI ?
TU T'ES ENDORMI ?
ZZZ
ZZZ
CLIC
FAIS DE BEAUX RÊVES.
SHHH

...NRI...
ET MERDE.
PLAF
ALORS C'EST À LUI, QUE MON DESTIN EST LIÉ...

DON'T TOUCH ME, MY DESTINY.

Love does not dominate; it cultivates.

DON'T TOUCH ME, MY DESTINY.

Love does not dominate; it cultivates.

act.3
Senri !

SPLIC
SPLAF
SPLAF
SERRE
BRR
MMHN !
SMACK
SMACK
MHN !
SMACK
MHN
PFAH!
HAH
Senri...
On vient tout juste de devenir potes !
HAH
On devrait pas...
TES LÈVRES DISENT NON,
MAIS TON CORPS REFUSE DE ME LÂCHER.

ON VA FAIRE COMMENT ?
PLIC
SI ÇA CONTINUE,
JE VAIS PLUS POUVOIR ME CONTRÔLER.

CLING
T'ES DU GENRE...
SERRE
À FAIRE ÇA SOUVENT ?
LE SEXE ET L'AMOUR SONT POURTANT DEUX CHOSES SACRÉES...
SHLIP
AH !
AA HN !
MHN !
BRR
BRR
HAH
HAH
T'ES VRAIMENT UN VILAIN GARÇON...
SPLAF
PAF
SPLAF
PAF
PAF
MAIS JE NE SUIS PAS MIEUX QUE TOI, AUJOURD'HUI.

AH !
AAAHN ! ♡♡
BABOUM
SPLURT
SPLURT
BABOUM
HAH
HAH...
AH !

ET MERDE...
Une semaine s'est écoulée depuis.
Et mes chaleurs se sont enfin terminées...
MARE.

JE VAIS EN COURS.
SOIS PAS EN RETARD, TOI NON PLUS.
T'AS DÉJÀ PRIS TES MÉDICAMENTS POUR TES CHALEURS, PAS VRAI ?
......
SILENCE
C'EST VRAI QUE TU BOSSES, CONTRAI-REMENT À MOI.
TU PAIES TES COURS ET TES MÉDICAMENTS DE TA POCHE.
J'AIMERAIS BIEN VENIR TE VOIR AU BOULOT...
GIGOTE
Mais je n'arrive plus
FLAP
TU DEVAIS PAS ALLER EN COURS ?
à tenir une conversation avec Mare.
OUAIS.
ÉVIDEMMENT...
IL SE GÈRE TOUT SEUL, SANS QUE PERSONNE NE LUI ENVOIE DE L'ARGENT.
Alors que moi...
SERRE

JE ME SUIS LAISSÉ ALLER AVEC UN ALPHA QUI PASSAIT DANS LE COIN...
ET IL A TOUT VU, EN PLUS !
AH!
ALORS QU'IL EST HYPO-CONDRIAQUE.
IL Y A ENCORE DES FLEURS DEVANT LA PORTE...
CELA FAIT COMBIEN DE FOIS EN UNE SEMAINE ?
HOP
C'EST UNE BLAGUE D'UN ENFANT DU VOISINAGE ?
EN TOUT CAS...
......
C'EST MIGNON.

UN BANRI PAR-CI...
UN BANRI PAR-LÀ...
LE ROI DU BAHUT A ÉTÉ CHOISI, ON DIRAIT BIEN.
TROP BIEN !
OUAAAH !
C'EST PRESQUE UNE CÉLÉBRITÉ, À CE NIVEAU.
JE PENSAIS PAS QU'IL Y AURAIT TANT D'ARTICLES SUR LUI...
OUAH...
EH BEH !
ATTENDEZ, C'EST SÉRIEUX CETTE HISTOIRE DE « BANRI, L'HOMME QUI N'AIMERAIT QUE LES ALPHAS ! » ?
DITES-DONC.
FLAP
ILS PRENNENT TOUS DES PHOTOS À LA VOLÉE.
ET ILS MANIPULENT LES FOULES, EN PLUS...
HAH...
BANRI.

JE N'AI AUCUN INTÉRÊT À DEVENIR
LA PERSONNE QUE TOUT LE MONDE S'IMAGINE QUE JE SUIS.
JE PRÉFÈRE RESTER NATUREL, ET J'ESPÈRE QUE LA PERSONNE À MES CÔTÉS LE SERA AUSSI.
JE SOUHAITE SIMPLEMENT EXPÉRIMENTER UN AMOUR PUR ET SIMPLE
AVEC CE GENRE DE PERSONNE.
On n'a pas vraiment fait les choses dans l'ordre...
Est-ce que...
Ah, je...
J'ai des pilules du lendemain, alors...
Je les avais au cas où, mais...
ça posera pas de problème, du coup.
T'inquiète pas.
JE TOURNE EN ROND, FINALEMENT...
JE NE SUIS PEUT-ÊTRE QU'UN ESCLAVE DE MON GENRE, APRÈS TOUT.
HEIN ?
SAITÔ !
C'EST SENRI QUI M'INTÉRESSE, PAS L'AUTRE !
T'ES DEMANDÉ EN SALLE D'ORIENTATION !
BLA
IL EST PAS LÀ.
HEIN ?
Senri !
TIENS ?
BLA

HEIN ?
IL EST PAS LÀ, SENRI ?
ZIEUTE
AH...
IL DISPARAÎT SOUVENT, CES DERNIERS TEMPS.
BAH IL EST OÙ ?
SENRI...
C'EST TON PROBLÈME, SI TU REDOUBLES ENCORE UNE FOIS.

......
AH !
TOI !
AH !
ON S'EST RENCONTRÉS AU PARC, L'AUTRE JOUR.
OUAAIS !
SNIF SNIF
GLOUPS
IL VA BIEN, DEPUIS ?
MH...

TU L'AS BIEN AIDÉ...
ON PEUT DIRE ÇA...
OH.
TANT MIEUX.
ÇA ME RASSURE.
MAIS CETTE PORTE, C'EST...
LA SIENNE.
TSUBASA HABITE ICI, NON ?
HEIN ?!
C'EST AUSSI CHEZ MOI ! ON VIT ENSEMBLE !
C'EST MON MEILLEUR AMI, À LA BASE !
ÇA TE POSE UN PROBLÈME ?!
GRMBL
PAS VRAIMENT, JE SUIS JUSTE INCROYABLE-MENT JALOUX.
IL EST OÙ ?
FRSH
IL EST PARTI EN COURS AVANT MOI...
AH, AU FAIT...
FRSH

TON UNIFORME EST AU PRESSING.
TIENS, LE TICKET.
IL ÉTAIT...
UN PEU SALE.
DÉSOLÉ, ON TE L'A PRIS SANS DEMANDER.
JE VOIS.
C'EST POUR ÇA QUE JE ME SUIS RÉVEILLÉ NU.
MERCI D'EN AVOIR PRIS SOIN.
C'EST GENTIL.
......
T'ES VRAIMENT...
VRAIMENT TROP GENTIL, TOI.
SUIS-MOI.

JE VAIS T'AMENER À TSUBASA.
BLABLA
ATTENDS, Y'A UN OMÉGA DE NOTRE FAC
QUI SE BALADE AVEC UN ALPHA SUPER RICHE !
JE DÉTESTE ÇA...
RAH...
J'AURAIS MIEUX FAIT DE TE PLANTER.
C'EST LA PREMIÈRE FOIS QUE J'ENTRE DANS UNE FAC...
C'est stressant.
T'ES UN GOSSE OU QUOI ?!
T'ES EN QUELLE CLASSE, D'AILLEURS ?
J'AIME BIEN LES ENFANTS !
C'EST MA DEUXIÈME TERMINALE !
HEIN ?
Quoi ?

J'AI REDOUBLÉ MA TERMINALE.
SÉRIEU-SEMENT ?!
OUAH !
JE M'Y ATTENDAIS PAS, VU QUE TU VIENS D'UN LYCÉE DE RICHES.
UN UNIFORME EN DEUX COLORIS DIFFÉRENTS POUR POUVOIR ÊTRE HABILLÉ DIFFÉREMMENT TOUS LES JOURS.
IL Y A MÊME UN PULL !
JE SAIS QUE C'EST MAL DE REDOUBLER...
MAIS ÇA ME TOUCHE PAS VRAIMENT.
JE SUIS JUSTE PAS FAIT POUR LES COURS.
JE SAIS QU'UNE FOIS LE LYCÉE TERMINÉ, JE POURRAIS ALLER À L'UNIVERSITÉ RATTACHÉE À MON ÉCOLE... MAIS J'HÉSITE ENCORE ENTRE CONTINUER MES ÉTUDES OU ARRÊTER.

TAP
ぴた……
……
……
MH ?
MARE ?
QU'EST-CE QU'IL Y A ?
J'AI UNE URGENCE, J'AVAIS OUBLIÉ.
BRR
TSUBASA DEVRAIT ÊTRE EN COURS AU REZ-DE-CHAUSSÉE.
BRR
VAS-Y SANS MOI.
À PLUS.
TAP

?
TAP
ESPÈCE D'IDIOT !
IL SE FOUT DE MOI ?!
HAH
HAH
ÇA LE DÉRANGE PAS DE REDOUBLER ?!
TAP
ET DE CONTINUER DE SÉCHER LES COURS À LA FAC ?!
TAP
IL PENSE PAS À QUEL POINT J'EN CHIE, MOI ?!
J'EN ÉTAIS SÛR, JE LES DÉTESTE TOUS CES ALPHAS !

....
IL DEVRAIT ÊTRE PAR ICI...
きょろ
ZIEUTE
ZIEUTE
きょろ
SI JE ME TROMPE PAS.
AH !
TSUBASA !!!

SENRI !
CLAC
QU'EST-CE QUE TU FAIS ICI ?
DÉSOLÉ POUR L'AUTRE SOIR !
JE PEUX M'APPROCHER ?
AH... OUAIS.
MES CHALEURS SONT FINIES.

ET, JE...
JE PEUX TE TOUCHER ?
HEIN ? AH, OUI...
TU PEUX.
BABOUM
どきッ
BABOUM
どき…
ばッ
PLAF
!?
SEEERRE

JE SUIS SI CONTENT DE TE REVOIR…
SI TU SAVAIS À QUEL POINT !
SENRI !
T'EN FAIS TROP…
FOUIP
ON EST POTES, ON PEUT SE VOIR QUAND ON VEUT.
MÊME S'IL FALLAIT ÉVIDEMMENT ÉVITER MES CHALEURS.

......
BABOUM
BRR
EUH...
DITES-DONC, VOUS...
JE PEUX COMMENCER LA LECTURE ?
BLA
BLA
Parce qu'il compte assister au cours ?!
HEIN ?
FIOUH
ZIEUUUTE
H-HÉ...
ILS SONT SÉRIEUX, LÀ ? ON SE CROIRAIT DANS UNE SÉRIE...
ILS VONT PAS SE CASSER POUR ALLER BAISER, HEIN ?
OUAH...
DIS, TSUBASA.

« Désolé, je voulais tant venir m'excuser, mais je n'étais pas sûr de pouvoir te voir. »
« JE T'AI APPORTÉ DES FLEURS TOUS LES JOURS,
J'ESPÈRE QUE TU LES AS REÇUES. »
FOUIP
« Celle du jour. »
FOUIP

FLAP
« J'arrive à être moi-même sans problème. »
SENRI...
« Merci. Ça me fait chaud au cœur de passer du temps avec toi. »
SCRITCH
SCRITCH

SI C'EST BIEN TOI QUI M'ES DESTINÉ...
HEIN ?
AH
DIIING
ET LE MODE SILENCIEUX, VOUS CONNAIS-SEZ ?!
DÉSOLÉ, C'EST MOI.

C'EST BANRI...
Banri
« Senri, t'es où ? C'est pas bien de sécher les cours. »
BANRI ?
? C'EST MON COUSIN.
AU FAIT, C'EST MARE QUI M'A MONTRÉ LE CHEMIN JUSQU'ICI.
MAIS IL EST SOUDAINEMENT PARTI.
À la fac d'à côté ? Qu'est-ce que tu fais là-bas ? J'arrive.
C'est Mare qui m'a amené.
C'est qui, Mare ?
MARE WATANABE.

TU TE PRENDS POUR QUI, À TE RAMENER AVEC UN ALPHA D'UN LYCÉE DE RICHES,
ALORS QUE T'ES QU'UN PAUVRE OMÉGA ?
TCH!
ÇA TE REGARDE PAS. T'ES AU BAS DE L'ÉCHELLE DES ALPHAS, C'EST PAS MIEUX.
BIEN SÛR QUE SI, ÇA ME REGARDE.
ET PUIS SURTOUT,
SI TU SORS AVEC QUELQU'UN D'AUTRE, TA MAGNIFIQUE ODEUR QUITTERA MON NEZ...

QUE ÇA SOIT PAYANT OU NON, ÇA M'EMMERDERAIT QUE MON TROU PRÉFÉRÉ
SOIT PRIS PAR QUELQU'UN D'AUTRE.
SORITCH
FOUIP
FOUIP
LE CLIENT QUE TU M'AS PRÉSENTÉ LA DERNIÈRE FOIS, C'ÉTAIT UN MOINS QUE RIEN.
HEIN ?
IL ÉTAIT TELLEMENT EXCITÉ QU'IL A RETIRÉ SA CAPOTE, MAIS IL REFUSAIT DE ME PAYER UNE PILULE DU LENDEMAIN.
J'EN VEUX PAS, DE TES ALPHAS ET BETAS SANS LE SOU.
ET PUIS, T'ES PAS MIEUX QU'EUX...
HEIN ?!
TU PENSES VRAIMENT ÊTRE EN POSITION DE DIRE ÇA ?
T'ES OBLIGÉ DE VENDRE TON CUL POUR PAYER TES COURS ET TON LOYER !

HEUREUSEMENT QUE T'ES MIGNON POUR COMPENSER...
JE TE LAISSERAI PARTIR SANS TE FRAPPER.
TU VEUX PAS ME LAISSER FAIRE AU MOINS UNE FOIS PENDANT TES CHALEURS ?
ON FERA ÇA SANS TON COLLIER, SANS CAPOTE
ET J'EN PROFITERAI POUR TE MORDRE. T'EN DIS QUOI ?

ALORS ÇA...
JAMAIS DE LA VIE.
T'AS RENCONTRÉ MARE ?
SNIF
MH
MUN...
SNIF
OUI...
C'EST VRAIMENT QUELQU'UN DE BIEN.
ET PUIS SURTOUT, C'EST TON MEILLEUR AMI. TU VIS MÊME AVEC LUI.
SI JE POUVAIS, J'AIMERAIS PRENDRE SA PLACE.
TSUBASA...
FOUIP
AH !
DÉSOLÉ, C'EST VRAI QU'IL T'AVAIT PRIS DE L'ARGENT.
C'EST BON, PAS BESOIN DE ME REMBOURSER...

QUAND JE L'AI RENCONTRÉ, IL PLEURAIT VRAIMENT,
ALORS SI J'AI PU LUI SERVIR À QUELQUE CHOSE...
ÇA ME CONVIENT.
SENRI...
VROU
QU'EST-CE QUE T'ES VENU FAIRE DANS CETTE UNIVERSITÉ ?
JE M'EN FAIS BEAUCOUP POUR TOI...

act.4
EXCUSEZ-MOI...
IL EST OÙ, LE BÂTIMENT CENTRAL ?
OUAAAH !
HEIN ?!
AH...
EUH...
APRÈS CE BÂTIMENT, TOURNEZ À GAUCHE...
MERCI.
C'EST QUI ? IL EST TROP CLASSE.
OUAH
OUAH...
JE PENSAIS PAS BÉGAYER AUTANT DEVANT UN LYCÉEN UN JOUR...

ON SENT BIEN QU'ON EST DES BETAS, DANS CES MOMENTS-LÀ...
TU CROIS QUE ÇA EXISTE, UN OMÉGA CAPABLE DE RÉSISTER À UN TEL MEC ?
C'EST LA PREMIÈRE FOIS QUE JE METS LES PIEDS DANS UNE UNIVERSITÉ...
J'AI JAMAIS QUITTÉ NOTRE PETIT ENCLOS D'ALPHAS, APRÈS TOUT.
Je vois les mêmes visages depuis ma plus tendre enfance.
« Tu te prends pour qui, Banri Saitô ? »
Et dans cet environnement, ça se remarque facilement, un nouvel arrivant...
« Casse-toi. »

Banri !
Mais Senri,
il a toujours été si franc,
si courageux.
J'ai jamais été aussi fier de lui.
JE ME DEMANDE À QUOI RES-SEMBLERAIT NOTRE GOSSE, SI ON EN AVAIT UN...

HEIN ?
HAH
SMACK
RACONTE PAS N'IMPORTE QUOI.
BRR
EST-CE QU'IL AURAIT LES MÊMES CHEVEUX SOMBRES QUE MOI
AVEC TES YEUX ARGENTÉS ?
TU SERAIS PARFAIT POUR TRANSMETTRE MES GÈNES...
ARRÊTE ÇA, JE TE DIS !!!
T'ES DÉGUEULASSE, DE VOULOIR BAISER JUSTE POUR FAIRE PERDURER TES GÊNES.
RAH...
J'AI PAS ENVIE DE PARLER DE ÇA, C'EST JUSTE GROTESQUE.
DÉPÊCHE-TOI DE PAY-...
COMMENT ÇA, GROTESQUE ?!

?!
BRR
SMACK
BRR
AH !
ARRÊTE !
SERRE
QU'EST-CE QUI TE PREND ?
BRR
AH !
PLIC
SHLP
TU COMPRENDS VRAIMENT RIEN, MON PAUVRE.
BRR
LÂCHE-MOI !
AH !
PLAF
PLAF
JE TE DEMANDE DE ME CHOISIR, IDIOT !
OUVRE LES YEUX, BORDEL !

T'AURAS PAS MEILLEUR ALPHA QUE MOI, TU LE SAIS BIEN.
IL SERA PLUS QUESTION D'ARGENT ENTRE NOUS.
ET TU FINIRAS PLUS EN PLEURS À CHAQUE FOIS.
J'AI TOUCHÉ À AUCUN AUTRE OMÉGA QUE TOI, CES DERNIERS TEMPS.
JE SUIS SÉRIEUX QUAND JE TE DEMANDE D'ÊTRE À MOI !
LAISSE-MOI PRENDRE MON PIED AU MOINS UNE FOIS ET ACCEPTE-MOI !
……
D'ACCORD.
!
DÉSOLÉ D'AVOIR ÉTÉ SI DUR JUSQU'ICI.
NAKAMURA.

J'AVOUE
QUE JE PENSAIS PAS QUE TU POUVAIS ÊTRE SI SÉRIEUX.
WATA-NABE !
DÉSOLÉ...
M H...
SMACK
HAH...
AH...
PLUS BESOIN DE ÇA, DU COUP.
CLAC
FLAP
JE PEUX L'ENLEVER.

PLAF
SURSAUTE
SERRE
GNN...
!?
NIARK
AH !
ATTENDS !!!
CLAC
PLAF
VLAM
WATA-NABE, RE-VIENS !
PETIT CON !
TU VAS LE REGRETTER !!!
J'EN PEUX PLUS.

ET MERDE...
GNACK
MERDE !
PLIC
ET MERDE !!!
J'AI ENVIE DE VOMIR !
ARGH

?!
ATTEN-TION !
AH !
PLAF
OUAH ?!

AÏE...
PARDON...
ÇA VA ?

C'EST MA FAUTE, PARDON...
J'AURAIS DÛ REGARDER OÙ JE MARCHAIS...
AH...
ME...
ME TOUCHE PAS !
PLAF

PFF
IL EST MIGNON QUAND IL DORT...
J'ai pas envie de le réveiller.
NO
SENRI.
AH !
LE COURS EST FINI DEPUIS LONGTEMPS, ON EST LES DERNIERS DANS LA SALLE...
AH...

ZIEUTE
QUOI ?
FUP
JE ME SUIS RÉVEILLÉ SANS QUE TU DISPA-RAISSES,
ÇA ME REND HEUREUX.
SMACK
BABOUM
Et merde... Depuis quand
BABOUM
mon cœur bat autant pour Senri ?
BABOUM
JE RÊVAIS ENCORE DE TOI...
HEIN ?
TU RÊVAIS DE MOI ?
C'ÉTAIT QUEL GENRE DE RÊVE ?
AH, C'ÉTAIT...
ROUGIT

AGH
IL A COMPRIS…
CE GENRE DE RÊVE.
DÉSOLÉ… PAS BESOIN DE ME RÉPONDRE.
PARDON…
C'EST RIEN.
JE VAIS PAS T'EN VOULOIR.
C'EST À CAUSE DE MOI, CE QU'IL S'EST PASSÉ LA DERNIÈRE FOIS.
ET SI ON OUBLIAIT TOUT ÇA ?
QU'ON L'OUBLIE ?
BEN OUI, APRÈS TOUT,
NOUS DEUX,

ON EST JUSTE POTES...
PEU IMPORTE SI JE PERDS MON STATUT D'AMI À TES YEUX.
JE T'AIME, TSUBASA.

ET CE, MÊME SI TU ESSAIES DE M'OUBLIER...
SENRI.
MÊME SI TU REFUSES DE ME REVOIR,
JE CONTINUERAI DE T'AIMER TOUTE MA VIE.
JE POURRAIS JAMAIS OUBLIER TA CHALEUR...
SENRI, T'EN FAIS TROP...
C'EST GRÂCE À NOTRE RENCONTRE
QUE J'AI PU DÉCOUVRIR À QUEL POINT L'AMOUR, C'EST FORMIDABLE.
TOUT N'EST PAS NOIR COMME JE LE PENSAIS.

MERCI, TSUBASA.
ME REMERCIE PAS...
SANS PARLER DE TON GENRE, POURQUOI TU TE DÉTESTES AUTANT ?
IL S'EST PASSÉ QUELQUE CHOSE ?
.....
DÉSOLÉ, JE T'AI DEMANDÉ QUELQUE CHOSE D'ÉTRANGE...
NON, T'INQUIÈTE PAS.
J'AI JUSTE PEUR DE CONTINUER À TE DÉCEVOIR.
J'AI PAS ENVIE QUE TU ME REGARDES DIFFÉREMMENT...
JE N'AURAIS JAMAIS
DÛ NAITRE EN CE MONDE, APRÈS TOUT...

JE T'INTERDIS DE DIRE ÇA.
JE SAIS PAS CE QU'IL S'EST PASSÉ
MAIS...
NE PARLE PAS DE TOI COMME ÇA.

TSUBASA, PLEURE PAS...
J'AIME PAS LES ORDRES !
C'EST VRAI...
HAHA
MAIS JE SUIS HEUREUX QUE TU SOIS VENU AU MONDE.
ET C'EST SUFFISANT
POUR ME RENDRE HEUREUX.
JE VAIS TE LE PROUVER
AVEC MON CŒUR ET MON CORPS.
TSUBASA...

SMACK
SMACK
HAH
SMACK
HAH
SLIP
MHN
SMACK
TSUBASA...
PLUS...
HAH
D'AC-CORD...
SMACK
SLIP
MHN...
SMACK
GNIP
!?
TAP
TAP
PLAF
MHN
CRR
HAH
BRRR
HAH
AT-TENDS...

CRR
J'AI PAS LE DROIT DE CONTINUER ?
PLAF
OUI... POUR LE MOMENT.
PARCE QU'IL FAIT ENCORE JOUR ?
GNIP
GNIP
BRR
MHN !
T'ES UN ENFANT ?
C'EST PAS ÇA... ON EST DANS UN AMPHI.
ALORS LAISSE-MOI AU MOINS T'EM-BRASSER.
SMACK
OUI...

MERCI.
SI TU SAVAIS À QUEL POINT JE T'AIME.
JE T'AIME...
MOI AUSSI...
JE T'AIME, SENRI...
NON.

SENRI.
JE M'ATTENDAIS PAS À CE QUE TU SÈCHES LES COURS
POUR FRICOTER AVEC UN OMÉGA.
BANRI.
QUELLE SURPRISE.

FRISSONNE
DÉSOLÉ DE VOUS DÉRANGER COMME ÇA.
LE PROF ACCEPTERA TES EXCUSES SI TU RENTRES AVANT LE REPAS.
BANRI...
FOUIP
TES VÊTEMENTS SONT SALES
ET TA JOUE EST GONFLÉE.
QUELQU'UN T'A EMBÊTÉ ?
HA HA.
JE SUIS PLUS UN ENFANT, TU SAIS ?

J'AI BOUSCULÉ UN OMÉGA SUR LE CHEMIN ET EN VOULANT ME RATTRAPER, JE L'AI PRIS DANS MES BRAS...
DONC IL M'A GIFLÉ.
TOUT COMME CE JEUNE HOMME. IL ÉTAIT SI LÉGER QU'ON AURAIT DIT, QU'IL AVAIT DES AILES,
MAIS SON DOUX VISAGE SEMBLAIT CACHER UN VILAIN GARÇON.
DES AILES ?
CLOUPS
VOUS VOUS CONNAISSEZ ?
JE SUIS CENSÉ CONNAÎTRE CE PETIT ANGE ?
NON, JE NE CONNAISSAIS PAS SON NOM.
MÊME SI JE CONNAISSAIS TON VISAGE...
TSUBASA.

BRR
QUEL NOM MAGNIFIQUE...
JE SUIS D'ACCORD.
ET IL N'Y A PAS QUE SON NOM, QUI EST MAGNIFIQUE.
FOUP
!
SENRI.
PLAF
?!
CLINK
DÉPÊCHE-TOI DE RENTRER ET DE T'EXCUSER, AVANT QU'IL NE CHANGE D'AVIS.
LE SOLEIL VA BIENTÔT SE COUCHER.
TU PEUX PRENDRE MA MOTO POUR RENTRER.
ET TOI ?

J'AI ENCORE UN PEU MAL...
TSUBASA VA M'ACCOMPAGNER À L'INFIRMERIE.
SURSAUTE
HEIN ?
TSUBASA.
JE RENTRERAI EN TAXI QUAND ÇA IRA MIEUX.
D'ACCORD.
MERCI, BANRI.
BLINK
じーん…
JE VAIS RENTRER,
ON CONTINUERA DEMAIN.
SENRI...
はっ
AH
JE TE CONFIE BANRI.

……
EUH... BANRI.
L'INFIRMERIE EST PAR LÀ.
J'ESPÈRE QUE ÇA VA ALLER POUR SENRI...
TSUBASA.
ARGH...
MAIS QUELLE COÏNCIDENCE HORRIBLE...
C'EST PAS LÀ ?
TSUBASA,
HEIN ?
AH, SI ! PARDON...

CLAC
FAUT QUE JE ME RE-PRENNE !
EXCUSEZ-NOUS...
SILENCE
TIENS ?
C'EST VIDE...
AH
IL EST OÙ, L'INFIRMIER ?
AH, IL A LAISSÉ UN MOT.
....
VOYONS VOIR...
« ABSENT JUSQU'À 18H » ?

ÇA TOMBE...
C'EST EMBÊTANT...
VRAIMENT BIEN.
HEIN ?
SMACK
BRR
SI TU NE RÉPONDS PAS À MES QUESTIONS
OU QUE TU ESSAIES DE ME MENTIR,
JE TE MORDRAI.

SMACK
AH !
BRR
L'UNIFORME QUE TU PORTAIS, L'AUTRE NUIT,
OUI
OUI
C'ÉTAIT CELUI DE SENRI ?
SERRE
CE QUI VEUT DIRE QUE JUSTE AVANT,
TU L'AVAIS FAIT AVEC LUI.
J'AVAIS BIEN REMARQUÉ QUE TES INTÉRIEURS ET TES SOUS-VÊTEMENTS
ÉTAIENT SALIS PAR LE SPERME D'UN AUTRE ALPHA.
C'EST POUR ÇA QUE J'AI SENTI LE SANG ME MONTER À LA TÊTE ET QUE JE ME SUIS LAISSÉ EMPORTER...
MAIS ALORS SAVOIR
QUE C'ÉTAIT CELUI DE SENRI...
HAH
BRR
PARDON.
BRR

POURQUOI TU T'EXCUSES ?
PARCE QUE TU T'ES AMUSÉ AVEC SENRI
EN LAISSANT TA NATURE D'OMÉGA PRENDRE LE DESSUS ?
NON
NON
ALORS C'EST AVEC MOI, QUE TU N'ÉTAIS PAS SÉRIEUX ?
RÉPONDS-MOI.
À QUEL POINT DEVRAIS-JE TE PUNIR ?
PLIC
HAH
RÉPONDS À MES QUESTIONS.
NOM
!!!

JE SUIS AMOUREUX DE SENRI.
C'ÉTAIT UN SIMPLE ACCIDENT, AVEC TOI.
JE SUIS DÉSOLÉ.
PLIC
SNIF
ALORS JE T'EN SUPPLIE.
BRRR
BRRR
NE ME MORS PAS.
PARDONNE-MOI, BANRI !
UN « ACCIDENT » ?!

TU ES CENSÉ COMPRENDRE...
C'EST IMPOSSIBLE.
BANRI...
SERRE
BRR
HEIN ?
FOUIP
AH !
PLAF
FLAP
QUOI ?
FLAP
AH !
LÂCHE-MOI !
!!!
OUAH !

COMME PROMIS, JE NE TE MORDRAI PAS.
PLAF
CRR
......
BANRI ?!
SHLING
HAH
CRR
HAH
ET JE N'AI PAS NON PLUS ENVIE DE T'ENFANTER
POUR L'INSTANT.
FLAP
MAIS...

JE VAIS QUAND MÊME PROFITER DE TOI.
BRR
JE VAIS FAIRE EN SORTE QUE TON CORPS NE VEUILLE QUE MOI,
MÊME SI TON CŒUR N'APPARTIENT QU'À SENRI.
BABOUM
ET JE CONTINUERAI, ENCORE ET ENCORE...
JUSQU'À CE QUE SENRI DISPARAISSE DE TON CŒUR.
CRR
SANS RELÂCHE.

DON'T TOUCH ME, MY DESTINY.

Love does not dominate; it cultivates.

act.5
POURQUOI TU ME FAIS ÇA, BANRI ?!
J'ai si peur.
TU ES LE SEUL CAPABLE DE ME RENDRE SI VIOLENT.. POURQUOI ?
HAH
JE VOULAIS TANT CROIRE QUE TOUT ÉTAIT SACRÉ..
HAH
ALORS POURQUOI ME SUIS-JE TRANSFORMÉ EN UNE TELLE BÊTE ?
HAH
SPLAF
SPLAF
SPLAF
AH !
BRR
J'ai si peur et j'ai tant envie de fuir...
AHN !
BRR

SERRE
ET MERDE !
SHLP
SI C'EST LE DESTIN QUI ME REND COMME ÇA...
BRR
SPLAF
BRR
PLAF
SHLIC
PLAF
AHN !
BRR
AAH !
BRR
BRR
C'EST TOUT SIMPLEMENT CRUEL !
SPLAF
SPLAF
SHPLIC
SERRE
SERRE
SPLAF
AH !
HAH
HAH
HAH
Mais mon corps refuse de se décoller de lui !
NON !
AAHN !
BRR
SPLURT
SPLURT
SEEEERRE
SERRE
PLIC
BRR
BRR
MMMHN !
BRR

SAUVE-MOI...
À... L'AIDE...
SERRE
HAH
HAH
HAH
À qui il dit ça, au juste ?
.....
À moi ?
Ou à Sen...
SHPLIC
SHLIC
BRR
BABOUM
SERRE
SERRE
BRR
ARGH !
PLAF
HAH
は...
HAH
HAH
HAH
IL COMPTE LE FAIRE ENCORE COMBIEN DE FOIS ?
は-...

HAH !..
HAH
Même sans chaleurs, il suffit de le faire une fois pour que mon corps soit dans cet état...
JE SUIS DÉSOLÉ...
Je vais perdre la tête, s'il continue !
AGH
SNIF
JE SUIS DÉSOLÉ...
RI...
C'est si douloureux...
SENRI...
HAH
SERRE
J'AI ENVIE DE CREVER...

HAH
Mais pourtant,
SHPLAF
SERRE
SPLIC
BRR
il suffit qu'il me pénètre une nouvelle fois
BRR
SPLURT
SPLUUURT
SPLURT
BRR
pour que mon corps se laisse aller.
BRR
MMMMHN!
SEEERRE

PLIC
FLAP
BRR
AHN !
SERRE
SERRE
BRR
BRR
HAH
AH
AH
BRR
SHLP
TSUBA-SA.
HAH
T'AS PLUS DE VOIX, DÉSOLÉ...
HAH
PLIC
HAH
J'AI ENVIE DE VOMIR TELLEMENT J'AI JOUI...
SNIF
JE VAIS BIEN M'OCCUPER DE TOI, T'INQUIÈTE PAS.
HAH
AHN !
AH !
AAH !
PLIC
J'en peux plus...
SHPLIC
SPLAF
SHLIC

MHN !
Je vais devenir fou.
AH !
AH !
SHLIC
SHLIP
SHLIP
C'est comme si Banri s'était imprégné de mon colon...
Mon corps est vraiment sans honte.
SLUP
SLUP
Mais c'est si bon...
TU AS L'AIR D'APPRÉCIER QUAND JE VAIS AU FOND.
TSUBA-SA.
SMACK
MHN !
OUI...
LAISSE-MOI JOUIR COMME ÇA...
AH !
AT-TENDS, NON !
TSUBA-SA !
C'est faux, j'en ai assez, je veux pas jouir !
Banri, ne t'arrête pas...
Arrête-toi !
Non, j'en veux encore !

C'est vrai.
S'il me
mordait,
je pourrais lui
appartenir
et tout serait
plus simple.
AH...
SPLAF
SLIC
SPLAF
SLIC
SLIC
SLIC

ARGH…
Alors c'est comme ça
qu'il compte avoir mon cœur, une fois qu'il aura eu mon corps…
C'est si douloureux.
TSUBA-SA.
ARGH !
C'est si frustrant !
AHN !
QU'EST-CE QU'IL Y A ? TU N'AIMES PAS ?
NON !
DONNE-MOI TES LÈVRES ÉGALEMENT…
SMACK
HAH
TU ES À MOI…
……
DIS, TSUBASA.
SMACK

JE N'AI MIS AUCUN PRÉSERVATIF, CETTE FOIS.
TU COMPRENDS CE QUE ÇA VEUT DIRE ?
HEIN ?
MH !
TU T'ES RESSERRÉ D'UN COUP...
ARRÊTE !
JE SAIS BIEN QU'EN DEHORS DE TES CHALEURS, IL Y A PEU DE CHANCE QUE TU TOMBES ENCEINT
MAIS ON NE SAIT JAMAIS.
TU M'AS MENTI !
T'AVAIS PROMIS DE METTRE DES CAPOTES !
AH BON ?

T'ES QU'UN PEUREUX, BANRI !
JAMAIS
JE NE TE PARDONNERAI !!!
SI TU VEUX LE FAIRE, FAIS-LE ! MAIS T'AT-TENDS PAS À CE QUE JE TE REMERCIE !
J'EN AI RIEN À FOUTRE, DE TES HISTOIRES DE DESTIN !
SERRE
TSUBASA !!!

?!
Il me fait taire.
Il va me tuer ?!
PAS UN BRUIT.
EXCUSEZ-MOI...
?!
TAP
TAP
SALUT !
IL Y A EU UN PETIT ACCIDENT PENDANT L'ENTRAÎNEMENT DE LACROSSE.
ON AURAIT BESOIN DE COMPRESSES.
Des gens !
TIENS ? IL EST PAS LÀ ?

AU FAIT, IL EST PASSÉ OÙ TON CASQUE ? ET TON BÂTON ?
MH ?
JE COMPRENDS PAS L'INTÉRÊT DE VOLER ÇA...
CLAC
M'SIEUR ?!
HÉ HO !
VOUS ÊTES PAS LÀ ?!
CLAC
PAS UN GESTE.
Je suis censé faire quoi ?
Il est encore en moi.
Si quelqu'un d'autre voit ça...
Il faut que je l'enlève !
MHN ?!
BRR
BANRI !!!
BRR
TREMBLE
HEIN ?
OOO

Y'A QUEL-QU'UN ?
MH ?
QUELQU'UN DOIT DORMIR, OUAIS...
Y'a même un sac.
QUI ÇA ?
On voit souvent ça dans des pornos !
TU PARLES, IL EST PAS EN TRAIN DE BAISER ?
HA HA HA !
GNIP
BABOUM
HAH
MERDE !
BABOUM
SERRE
GNIP
MH ... !
BRR
BRR
SERRE
BABOUM
J'ai le ventre qui se res-serre, à cause du stress !
BRR
PLIC
BRR
BABOUM
J'en reviens pas, je suis vraiment
sur le point de jouir à cause de ça !
Si ça continue...
IDIOT, C'EST IMPOSSIBLE.
ON Y VA ?

CLAC
TAP
TAP
BABOUM
BABOUM
BABOUM
SERRE
FIOUH
JE ME RETIRE.
SHLIP
BRR
BRR
TREMBLE
MHN !
SHLIC
HEIN ?
T'AVAIS MIS UNE CAPOTE ?
JE VAIS GARDER LA PORTE... RHABILLE-TOI CORRECTEMENT.

PLAF
JE VOULAIS VOIR LA TÊTE QUE TU FERAIS
LORSQUE TU T'EN RENDRAIS COMPTE.
......
T'ES VRAIMENT HORRIBLE.
OUI... ET QUELLE DÉCEPTION DE VOIR
QUE TU ME REJETTES TOUJOURS.
ÉVIDEMMENT.
C'EST PAS COMME ÇA QUE...
COMMENT FAIRE, ALORS ?

COMMENT FAIRE POUR QUE TU ME CHOISISSES ?
COMMENT !
LE SIMPLE FAIT QUE TU APPARTIENNES À QUELQU'UN D'AUTRE...
BRR
ÇA ME BRISE LE CŒUR... ET J'ENVIE TELLEMENT SENRI.
HAA
UNE TELLE JALOUSIE, C'EST TOUT SAUF PUR !
Banri.
Tu pleures ?
PLIC
COMMENT FAIRE POUR T'ARRACHER DES BRAS DE SENRI ?!
TSUBASA !

PLIC
PLIC
Je ne pensais pas qu'un homme si fier que lui
pouvait fondre en larmes pour moi.
Et je ne pensais pas que ça me toucherait autant non plus.
UN CŒUR QUI BAT POUR DEUX...
C'est vraiment de la merde, le destin...
Ah...
J'ai envie de voir le sourire de Senri...

Si c'était lui, il dirait juste qu'être né alpha, c'était n'importe quoi.
Et on aurait rigolé...
JE SAIS.
SI JE NE PEUX PAS RETIRER SENRI DE TON CŒUR,
J'AI BESOIN DE TON AIDE
POUR T'ACCEPTER COMME TU ES.
EST-CE QUE TU POURRAIS LAISSER SENRI ?

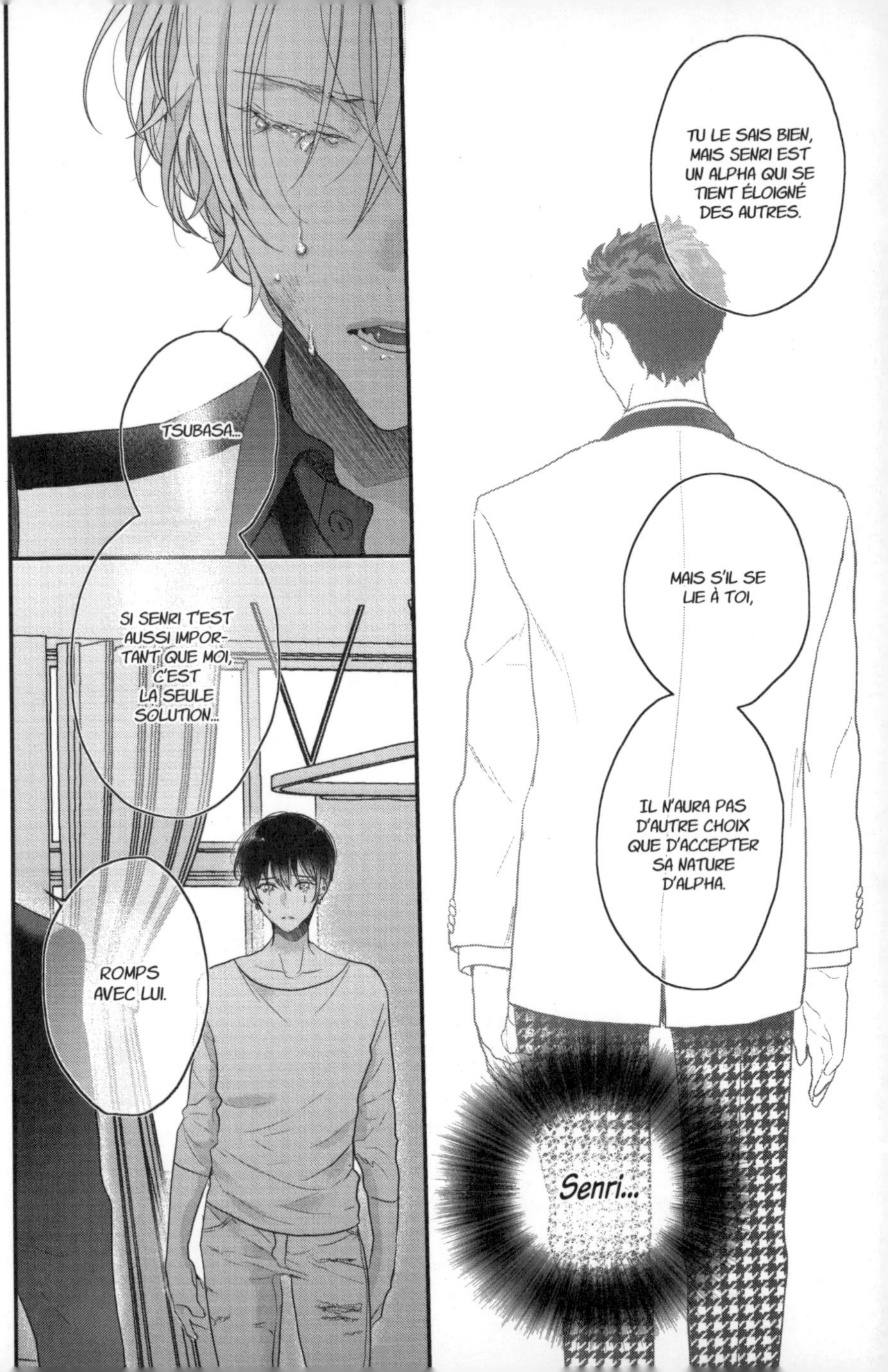
TU LE SAIS BIEN, MAIS SENRI EST UN ALPHA QUI SE TIENT ÉLOIGNÉ DES AUTRES.
MAIS S'IL SE LIE À TOI,
IL N'AURA PAS D'AUTRE CHOIX QUE D'ACCEPTER SA NATURE D'ALPHA.
Senri...
TSUBASA...
SI SENRI T'EST AUSSI IMPOR-TANT QUE MOI, C'EST LA SEULE SOLUTION...
ROMPS AVEC LUI.

ET C'EST ÉGALEMENT UN ORDRE.
UN ORDRE DE LA PART
DE TON ÂME SŒUR.

ARRÊTE DE VOIR SENRI.
TAP
TAP
« Viens me voir dès que je t'appelle. »
« Je viendrai également si tu m'appelles. »

« Mon Tsubasa. »
IL M'A JAMAIS CONTACTÉ, FINALEMENT...
CLAC
......
CLAC
QU'EST-CE QUE JE SUIS CENSÉ FAIRE ?
JE SUIS RENTRÉ...
CLAC
IL FAIT SUPER SOMBRE... IL DOIT PAS ÊTRE LÀ.
AH
CRR
?!
PLAF
FOUIP
QUI EST LÀ ?!

TSUBASA, C'EST TOI !
MARE ?!
C'EST QUOI CETTE TENUE ?
CRIC
J'AI TOUT VOLÉ AU CLUB DE LACROSSE !
C'EST DANGEREUX DE RESTER ICI !
VIENS AVEC MOI, IL FAUT QU'ON PARTE D'ICI !
FLAP
TIENS, TES AFFAIRES !
MARE, EXPLIQUE-MOI CE QU'IL SE PASSE !
PLUS TARD !

EUUH
SAITÔ...
NOM もぐ
NOM もぐ
C'EST CULOTTÉ, D'APPORTER TON REPAS POUR UN SERMON...
ARRÊTE DE MANGER.
Je ne sais même pas quoi penser...

CLAC
DÉSOLÉ, MONSIEUR.
Excusez-moi.
HM
ÇA ME PARAISSAIT JUSTE PLUS EFFICACE.
Je suis sincère.
POUR LE MEILLEUR COMME POUR LE PIRE, TU ES BIEN HONNÊTE...
J'ai presque envie de m'excuser aussi.
MAIS QUELLE IDÉE DE SÉCHER LES COURS DANS UNE TELLE PÉRIODE.
TON FUTUR EST EN TRAIN DE SE JOUER.
FLAP
ET CETTE LETTRE D'EXCUSE...
« J'ADMETS AVOIR SÉCHÉ VOLONTAIREMENT LES COURS DE CET APRÈS-MIDI POUR ACCOMPLIR UN CERTAIN OBJECTIF. JE NE PEUX CEPENDANT QU'AFFIRMER LA VALEUR DE CET ÉVÈNEMENT, FORTEMENT SUPÉRIEUR À LA LEÇON MANQUÉE. À CET ÉGARD, JE TIENS À PRÉSENTER MES EXCUSES ET À EXPRIMER MES REGRETS POUR MON COMPORTEMENT AUX PERSONNES DE L'ÉCOLE AFIN DE MAINTENIR UNE RELATION HARMONIEUSE. »
QU'EST-CE QUE C'EST QUE CETTE LETTRE ?
FLAP
UNE LETTRE D'EXCUSE.
DIRECT

AH BON...
DÉSOLÉ, SAITÔ, MAIS DE MON POINT DE VUE...
PFR
BRR
J'EN PEUX PLUS DE SENRI...
PFR
BRR
ON LE CHANGE PAS.
JE NE PEUX M'EMPÊCHER DE LA LIRE COMME CECI...
« JE NE REGRETTE PAS, MAIS JE M'EXCUSE. »
MH...
AH !
C'EST UNE BIEN MEILLEURE TOURNURE QUE MA LETTRE.
VOUS ÊTES INCROYABLE.
JE VAIS LA RÉÉCRIRE, VOUS AVEZ UN STYLO ?
SAITÔ !!!

CE N'EST PAS CE QUE J'ESSAYAIS DE TE DIRE...
RAH...
C'EST GÊNANT DE L'ADMETTRE, MAIS NOUS NE POUVONS RIEN TE FAIRE.
NOUS N'AVONS JAMAIS EU UN ÉLÈVE AU QI AUSSI ÉLEVÉ DANS NOTRE ÉCOLE...
ET C'EST ÉGALEMENT LA PREMIÈRE FOIS QU'UN DE NOS ÉLÈVES OBTE-NAIT UN DIPLÔME UNIVERSITAIRE ÉTRANGER À SEULEMENT 15 ANS.
MÊME PARMI LES ALPHAS, TU TE TIENS AU SOMMET...
TES PARENTS ONT TENU À T'ENTOURER D'AUTRES ALPHAS JUSQU'À TON ÂGE ADULTE.
ILS T'ONT ENRÔLÉ ICI POUR CELA.

JE COMPRENDS TON ENVIE DE QUITTER L'ÉCOLE, CROIS-MOI...
NON...
JE N'AI PAS SÉCHÉ LES COURS POUR ÇA.
VOIR TSUBASA
ÉTAIT TOUT SIMPLEMENT PLUS IMPORTANT POUR MOI.
TSUBASA ?
......
C'EST LE NOM DE LA PREMIÈRE PERSONNE DONT JE SUIS TOMBÉ AMOUREUX.

!!!
TU ES TOMBÉ AMOUREUX ?
OUI.
AU DÉPART, JE N'ÉTAIS
QUE CHARMÉ PAR SON VISAGE.
MAIS ME SÉPARER DE LUI M'EST SOUDAINEMENT DEVENU SI DUR...
POURTANT JE N'AI PAS EU LE CHOIX.

MÊME SANS LE VOIR, JE N'AI FAIT QUE SOUHAITER SON BONHEUR.
J'AI COMME EU L'IMPRESSION D'ÊTRE NÉ POUR CES MOMENTS.
ET J'AI COMPRIS QUE C'ÉTAIT ÇA, L'AMOUR.

じーーーん…
SILENCE
C'EST TOUCHANT,
UN PEU...
......
C'EST UN OMÉGA ?
OUI.
IL EST VRAI QUE J'OBSERVAIS LES CHALEURS D'UN OMÉGA POUR LA PREMIÈRE FOIS
MAIS CE N'EST PAS À CAUSE DE ÇA.
MAIS SAITÔ, CE N'EST PAS UNE RAISON POUR...
BANRI A TOUJOURS ÉTÉ LE PLUS IMPORTANT, DANS MON MONDE.

C'EST PAS MOI, SON MEILLEUR POTE ?!
PARDON ?!
HEIN ?!
IDIOT.
On parle de Banri.
Réfléchis.
AH... VOUS VOUS ENTENDEZ VRAIMENT BIEN POUR DES COUSINS...
OUI.
MAIS JE SENS BIEN QUE MES SENTIMENTS À L'ÉGARD DE TSUBASA SONT DIFFÉRENTS.
JE SAIS QUE C'EST UNE DIFFÉRENTE FORME D'AMOUR.
JE NE SAIS QUE FAIRE DE CES SENTIMENTS...
HA
J'AI PERDU L'ENVIE DE TE SERMONNER...
ENFIN BON.
ESSAIE DE RESTER UN MINIMUM SÉRIEUX JUSQU'À TON DIPLÔME.
SI TU NE VEUX PAS ENCORE ÊTRE MÊLÉ À DES PROBLÈMES D'OMÉGA.
MONSIEUR...

JE SAIS BIEN QUE TU AS DÉJÀ ESSAYÉ DE SAUVER UN OMÉGA, EN RENTRANT CHEZ TOI...
PROVOQUANT UNE BAGARRE AVEC LES AGRESSEURS.
MAIS LORSQUE LEURS CAMARADES SONT ARRIVÉS À LEUR RESCOUSSE, TU ÉTAIS SI BLESSÉ
QUE TON SÉJOUR À L'HÔPITAL EN A ÉTÉ TRÈS LONG, TE FAISANT REDOUBLER.
C'EST VRAI...
MAIS GRÂCE À TOUT ÇA, LES AGRESSEURS ONT PU SE FAIRE ARRÊTER. TOUT EST BIEN QUI FINIT BIEN.
NOM
NOM
La victime s'était enfuie, en plus.
ET ÇA TE SUFFIT ?
RAH LÀ LÀ...

MARE !
POURQUOI ON EST EN DANGER CHEZ NOUS ?!
ON DEVRAIT PAS ALLER VOIR LES FLICS ?
FAUT D'ABORD QU'ON SE CACHE !
SERRE
Mare...
Il était si étrange, depuis la dernière fois...
Je suis content de pouvoir lui parler à nouveau...
TSUBASA !!!

TAP
C'EST DANGEREUX DE PASSER PAR LÀ, NON ?
HEIN ?
AH, OUI...
FOUP
JE M'ÉTAIS DÉJÀ FAIT AGRESSER EN PLEINE NUIT ICI...
C'EST VRAI.
C'EST SUPER SOMBRE ET L'AUTOROUTE EST PAS TRÈS LOIN...
LES AGRESSEURS AVAIENT FINI PAR SE DISPUTER ET MÊME SE FRAPPER, DONC J'AVAIS PU M'ENFUIR.
MÊME SANS TES CHALEURS, T'AS PAS UNE VIE FACILE.
FAIS UN PEU PLUS ATTENTION.
......
SANS MOI À TES CÔTÉS, TU POURRAS PAS T'EN SORTIR.
C'EST ÉVIDENT.

......
Mare, c'est comme
si tu essayais de te convaincre toi-même.
VIENS, ON CHANGE DE ROUTE.
D'ACCORD...
MARE.
À quoi est-ce qu'il pense ?
J'aimerais qu'il accepte de m'en parler, un jour...
Que de lui-même,
il aborde le sujet.

Et j'aimerais qu'en retour, il écoute mon histoire.

J'aimerais qu'il m'aide à comprendre ce que je dois faire

de ces deux alphas.

De Banri, et de...

C'EST RARE, TU M'AS SURPRIS.
TU PRENDS TA DOUCHE BIEN TARD.
BANRI.
TOI QUI TE COUCHES TOUJOURS AVANT 21H...
C'EST PARCE QUE J'AI PU TOUCHER TSUBASA AUJOURD'HUI.
ENLEVER SON ODEUR DE MOI ME SEMBLAIT SI DUR...
C'EST ÉTRANGE ?

AH… QUI SAIT.
FOUIP
SENRI, À CE PROPOS.
IL FAUT QU'ON PARLE DE TSUBASA.
OUAH ! BANRI !
C'EST QUOI TOUTES CES MARQUES, DANS TON DOS ?

SERRE
GNIP
BRR
BRR
QUELQU'UN S'EST ACCROCHÉ À TON DOS ?
BANRI, ME DIS PAS QUE...
C'EST CELUI QUI T'A FRAPPÉ CE MIDI ?
Le fameux.
HEIN ?
TA JOUE A BIEN DÉGONFLÉ, MAIS...
ÇA VA ?
SENRI !

J'AI UN TRUC IMPORTANT À TE DIRE...
NON.
C'EST RIEN, OUBLIE.
PLUS TARD...
CLAC
BANRI ?
OUAH !
JE T'EN PARLERAI QUAND JE SERAI PRÊT.
RASSURE-TOI.
BONNE NUIT, SENRI.

OUAAAH...
C'EST SEXY, DE LE VOIR COMME ÇA !
?
CES MARQUES, C'ÉTAIENT DES GRIFFURES !
SON PARTENAIRE PRENAIT TELLEMENT SON PIED AU LIT QU'IL A FAIT ÇA ! C'EST SOUVENT LE CAS.
?!
NOTRE BEAU BANRI SERAIT AMOUREUX ?
OUAAH !
HA HA HA !
TU CHANGES PAS, D'AILLEURS, TOI... T'AVAIS RIEN COMPRIS !
IL AURAIT FAIT ÇA ?
AVEC QUI ?

......
TOC
TOC
OUI ?
C'EST MOI.

SENRI...
QU'EST-CE QU'IL T'ARRIVE ?
ON T'A ENCORE PIQUÉ TA CHAMBRE ?
ÇA TOMBE BIEN, J'AI BESOIN DE TON AIDE POUR UN EXERCICE...
BANRI.

SENRI.
SENRI.
TES YEUX SONT ROUGES...
QUELLE IDÉE DE RESTER ÉVEILLÉ SI TARD.
SI TU CONTINUES, DEMAIN TU VAS...
BANRI.
CE QUE TU ESSAYAIS DE ME DIRE TOUT À L'HEURE...
JE VEUX L'ENTENDRE
MAINTENANT.

J'AI COUCHÉ AVEC TSUBASA.

JE NE COMPTE NI M'EXCUSER, NI ARRÊTER.
APRÈS TOUT,
IL EST NORMAL POUR DEUX FRÈRES CONSANGUINS D'AVOIR LES MÊMES GOÛTS.
C'EST BIEN POUR ÇA QUE JUSQU'À PRÉSENT,
AUCUN OMÉGA NE T'INTÉRESSAIT. SEULES LES PHÉROMONES DE TSUBASA T'ONT ATTEINT.
... SI TU T'ES SENTI ATTIRÉ PAR TSUBASA,
C'EST TOUT SIMPLEMENT PARCE QUE C'EST MON ÂME SŒUR.

« Senri... »
TSUBASA EST MON OMÉGA.
JE NE TE LE LAISSERAI PAS.
« Je suis si heureux que tu sois venu au monde. »
« Et c'est suffisant pour me rendre heureux. »
NON.

SERRE
NON !
C'EST MOI !
GNIP
CLAC
SURSAUTE
QU'EST-CE QUI T'ARRIVE, AU JUSTE ?!
SERRE
TU REFUSAIS PAS DE VIVRE TA VIE D'ALPHA, JUSQU'À PRÉSENT ?!
PLAF
TU LE RENDRAS JUSTE MALHEUREUX, COMME ÇA !
JE SUIS DIFFÉRENT !
TSUBASA EST À MOI !
NON.
NON !
BLAM

TSUBASA
EST À...
NON.
PLUTÔT...

C'EST MOI,
L'ALPHA DE TSUBASA !
À SUIVRE

DON'T TOUCH ME, MY DESTINY.

Love does not dominate; it cultivates.

AH !
PLAF
PLAF
ILS EN SONT VENUS AUX MAINS !
BLAM
BLAM
ALORS QU'ILS S'ENTENDENT SI BIEN !
HIHI
HA HA
À LA GARDERIE ET EN PRIMAIRE, ILS ARRIVAIENT TOUJOURS EN SE TENANT LA MAIN !
MMH...
LORSQUE SENRI EST PARTI ÉTUDIER À L'ÉTRANGER DURANT LE COLLÈGE,
BANRI ÉTAIT SI TRISTE...
SNIF...
MAIS C'EST JUSTEMENT LE VOIR COMME ÇA QUI A RENDU LES OMÉGAS FOUS DE LUI, PAS VRAI ?

DOG FIGHT / FIN

Don't touch me, my destiny 1

HANA

www.boys-loves.fr

Traduit du japonais par Célia Grosjean
Maquette : Justine Mouron
Responsable Editorial & Production : Tony Mr P

Dépot légal : Janvier 2023

ISBN 978-2-38276-335-3
ISSN 2743-4435

Imprimé par GZ Digital Media as